LES
ORIGINES ANCIENNES
DU
PERREUX

comme terre seigneuriale, avec les droits qui s'y trouvaient exercés

PARIS
H. CHAMPION, LIBRAIRE
9, QUAI VOLTAIRE, 9

1891

LES ORIGINES ANCIENNES

DU

PERREUX

LES
ORIGINES ANCIENNES

DU

PERREUX

Comme terre seigneuriale, avec les droits qui s'y trouvaient exercés

PARIS
H. CHAMPION, LIBRAIRE
9, QUAI VOLTAIRE, 9

1891

AU LECTEUR

Nous avons eu la bonne fortune d'avoir entre les mains plusieurs terriers de l'ancienne seigneurie du Perreux; ces documents bien poussiéreux renfermaient des actes inédits qui nous permettent de constituer l'histoire de la nouvelle commune dont les origines étaient tout à fait distinctes de celles de Nogent. M. Navarre, son premier maire, en demandant l'érection du Perreux en commune, n'a fait que rétablir ce qui existait dans l'ancien temps : aussi ne puis-je mieux faire que de lui dédier ce petit opuscule, car c'est bien par son zèle et ses connais-

sances administratives qu'il a su mener à bonne fin l'œuvre de cette création communale.

Juin 1891.

MENTIENNE,

Ancien maire de Bry-sur-Marne, membre de la Société de l'histoire de Paris et de l'Ile de France.

ORIGINES ANCIENNES DU PERREUX

E Perreux, quoique de création toute récente en commune, avait eu dans les siècles écoulés une espèce de vie distincte de celle de Nogent, son premier suzerain, bien entendu au point de vue de la vie civile et religieuse d'alors et des principaux droits qui s'exerçaient à cette époque. Il formait une seigneurie avec des droits d'un certain rang sur laquelle vivaient, outre le seigneur et sa famille, un fermier, des domestiques et des tenanciers, et pour lesquels le Perreux était le lieu d'où ils dépendaient pour l'exercice de leurs droits et de leurs besoins.

A un certain point de vue, il est assez curieux de remettre en lumière, aujourd'hui que cette ancienne seigneurie est devenue presque une ville, des dates et des faits qui remontent assez loin dans le passé, pour montrer que son nom n'est pas de création récente et que bien des siècles se sont déjà écoulés pendant lesquels une apparence de vie municipale, s'il est permis de se servir de cette expression, y était exercée, sans doute tenue bien en lisière de tous côtés.

Il est bien entendu que nous n'avons pas

l'intention de rapporter ici la nomenclature des seigneurs du Perreux, leurs noms importent peu, nous ne parlerons que des faits qui peuvent prouver que l'existence du Perreux est ancienne, ou nous donner une idée de la vie d'alors.

Le Perreux était un fief servant [1] dépendan[t] de la seigneurie de Nogent dont le

1. Le fief était le terme ou le nom qui servait à distinguer les droits des terres seigneuriales, ces droits étaient à l'origine créés par le Roi, qui s'en réservait tous les honneurs et les revenus, ou les cédait à d'autres seigneurs moyennant des redevances appelées cens. Ces fiefs pouvaient devenir ainsi à divers degrés, servant, dominant, anoblissant, etc., mais devant toujours des droits en argent et en honneur. Les droits en argent s'appelaient cens et les honneurs, foi et hommage. Pour rendre ce dernier, il fallait que le seigneur vassal se rendît auprès de son suzerain dans le lieu seigneurial et que là, devant lui, sans épée ni éperons, il se mît à genoux, et lui jurât fidélité en lui répétant par trois fois, tête nue, qu'il lui rendait foi et hommage.

Cet usage a duré jusqu'en 1789 et, jusque-là, il avait été exercé avec la même apparence d'humilité. Il y avait

Chapitre de l'abbaye de Saint-Maur des Fossés était seigneur avec tous les droits de hauts justiciers, voyers, censive, etc.; de ce fait, le seigneur du Perreux était censitaire de l'abbaye et devait aux abbés tous les honneurs et exigences rendus en ces cas.

Cependant, par suite de partages de biens

des seigneurs dont les fiefs étaient plus ridicules que considérables ; ainsi, à Paris, il y avait le fief Patouillet qui était une toute petite rue du faubourg Saint-Victor, il appartenait à un sonneur dans le XIIIe siècle. La Fabrique de l'église des Innocents avait droit de fief sur les échoppes qui entouraient le cimetière et c'étaient les marguilliers qui en recevaient les hommages et y percevaient les droits seigneuriaux. Le fief des Trois Pucelles consistait en trois ou quatre maisons autour de l'église de Saint-Jacques la Boucherie. Ce fief fut vendu au XVe siècle à un maître d'école qui y percevait, comme ses devanciers, certains droits sur les trois premières mariées de l'année ; en lui rendant hommage on portait au seigneur une alose ou deux sous ; on devait se mettre à genoux devant lui, pendant qu'il devait être assis le derrière sur la terre.

Et ainsi pour tous ces droits qui avaient par-dessus tout le caractère humiliant.

ou d'arrangements antérieurs de famille, le
Perreux « mouvait », c'est-à-dire dépendait
en second ordre de la seigneurie d'Ezanville, près Pontoise, à laquelle il devait
aussi rendre foi et hommage et faire ensaisiner[1] ses actes de propriété. Ce qui se
pratiqua jusqu'à la fin du siècle dernier,
en 1787, entre les mains du prince de
Condé à cause de sa seigneurie d'Écouen
dont dépendait celle d'Ezanville. Il y avait
là une question de dépendance assez com-
pliquée et qui obligeait le seigneur du Perreux à des devoirs multiples et surtout à des
redevances assez élevées : ainsi, outre ce
qui devait être payé aux moines de Saint-
Maur, au moment de l'ensaisinement d'une
vente vers 1761, il a été versé au seigneur

---

1. Ensaisiner, faire enregistrer un acte qui portait
mutation de la propriété.

d'Ezanville une somme à forfait de 6,000 livres.

Il est fait, pour la première fois, mention du Perreux dans l'un des cartulaires de l'abbaye de Saint-Maur vers 1250, où il est dit que la maison du Perreux sera exempte de faire cuire son pain au four banal de Nogent [1]. Dans le nécrologe de l'église de Paris, il est aussi mentionné vers ce temps, comme ayant beaucoup de vignes sur son terroir, et dans le cartulaire [2] de la même église, un acte passé en janvier 1255 s'y trouve inscrit : c'est une vente faite par Galtier, seigneur de Creteil, et Isabelle sa femme, au Chapitre de l'église de Paris, d'une vigne contenant 3 quartiers, sise

1. *Histoire du diocèse de Paris*, par l'abbé LEBEUF, l. VI.
2. GUÉRARD, *Cartulaire*, t. II, p. 187.

au terroir du Perreux, dans la censive ec-
clésiastique de Paris et moyennant 26 livres.
En 1292, dans un règlement fait par Ray-
nard, curé de Nogent, il y est également
parlé des vignes du Perreux.

Au Parlement de la Toussaint 1278, il
fut rendu un arrêt déclarant qu'après en-
quête, il a été prouvé que Philippe du Perreux et les précédents seigneurs ses devanciers, avaient seuls le droit de garenne, et
ce depuis longtemps, et que la garenne qu'ils
possédaient, « s'étendait sur toutes les vues
du Perreux et par toutes les hayes et buis-
sons y étant. » A ce sujet, une sentence fut
rendue le 6 mars 1469 par le maître enquê-
teur des eaux et forêts de France, entre
Duvivier, alors seigneur du Perreux, et Jean
Caulas, meunier aux moulins de Bry-sur-
Marne, lequel seigneur avait exposé qu'au

préjudice de son droit de garenne sur sa seigneurie du Perreux, ledit sieur Caulas avait fait faire des loges dans ladite garenne, et au moyen desdites loges, il s'était muni d'arbalètes, de panneaux, lacs et rays, et avait pris et tué plusieurs gibiers, quoiqu'il fût défendu aux nobles et roturiers de le faire sans permis par écrit : « Sur quoi les partyes ayant été ouys et vues » ledit Caulas fut condamné à abattre lesdites loges, à ne pas remettre « le pied » dans ladite garenne et aux dépens.

En 1365, d'après un acte de vente, passé entre « Raoul de Gomont, épicier, bourgeois de Paris, et Jean Lambert, mercier, » la seigneurie de Perreux, mouvance d'Ezanville près Pontoise, le tout en la censive et haute justice de MM. les abbé, chantres, chanoines et religieux du couvent de Saint-Maur des

Fossés, » il est expliqué que la seigneurie du Perreux a droit de prendre sur les gens de Nogent la sixième partie de la dîme en grains et en vin, croissant sur le terroir de la paroisse, mais que le curé de Nogent avait droit de prendre sur la seigneurie du Perreux un septier de seigle.

Cette dîme sur les Nogentais fut abandonnée par l'un des seigneurs du Perreux, vers 1498, au curé de Nogent. En 1438, l'abbé de Saint-Maur déchargea tous ses censitaires pour la présente année, particulièrement le seigneur du Perreux, de dix minots d'avoine, de huit septiers d'orge, de 3 sous parisis et 2 deniers de cens et de rentes, « en considération des malheurs des tems et des plaisirs et moult paine de conserver ses biens à cause des guerres [1]. »

1. Papiers du chapitre de Saint-Louis du Louvre (Archives Nat., S. 1861.

A cette époque, l'abbé de Saint-Maur et
le curé de Nogent autorisèrent Jeanne
Boston, dame du Perreux, veuve de Jean
Behannet, en son vivant président de la
Chambre des requêtes du Parlement, à
adosser sur la nef de l'église paroissiale
une chapelle, qui serait spécialement la
chapelle des seigneurs du Perreux, où ils
pourraient entendre la messe paroissiale,
et auraient le droit même de s'y faire in-
humer. Pour cette concession, elle donna
28 livres de rentes, un reliquaire contenant des ossements de saint Vincent, et un
missel manuscrit et « for enluminuré ». De
plus, ils avaient droit de recevoir le pain
bénit les premiers, mais le curé ne leur
offrait ni l'eau bénite ni l'encens. Cette
chapelle fut consacrée et bénite par l'évèque
de Paris, le 22 juillet 1529. La seigneurie

du Perreux passa entre les mains de François d'Anthonis, prêtre, docteur en théologie, qui en devint acquéreur le 5 décembre 1546. A cette occasion, et à cause de la singulière dévotion qu'il avait pour l'église de Saint-Saturnin de Nogent, et de son affection pour les habitants de cette paroisse, il fit don à « l'œuvre et fabrique de ladite église de Nogent, de 100 sols tournois de rente foncière, à la charge par les marguilliers de la fabrique qui ont accepté ladite donation : 1° de donner à toujours par chaque an, le jour de Pâques, à chaque chef d'hôtel marié ou veuf, recevant le saint sacrement, une chopine de vin, sain et net, faisant moitié d'une pinte mesure de Saint-Maur; 2° de donner au curé de Nogent, s'il fait ce jour-là le service en personne, une pinte de vin sur mesure et une autre pinte à son vicaire; 3° et enfin d'envoyer, le même jour, une pinte du même vin au seigneur du Perreux pour savoir si le vin distribué ledit jour serait sain et net. » Cette donation fut confirmée un peu plus tard par Charles d'Anthonis, son neveu, devenu par héritage seigneur du Perreux, et qui ajouta 25 sols parisis de rente à la même église de Nogent.

En 1641, une autre fondation fut faite dans l'église de Nogent par un autre seigneur du Perreux, moyennant une somme de 700 livres payée à la fabrique. Les marguilliers de l'œuvre devaient faire dire annuellement une messe pour les seigneurs du Perreux et dans leur chapelle de l'église de Nogent, en s'entendant à l'avance pour le jour où cette messe serait célébrée.

Les seigneurs du Perreux avaient, vers 1690, obtenu de l'archevêque de Paris l'autorisation de faire édifier une chapelle en leur maison du Perreux, et le curé de Nogent était tenu d'envoyer dire la messe tous les dimanches à l'heure que le seigneur et dame du Perreux ordonneraient, de 6 heures du matin jusqu'à midi, en l'avertissant la veille. Dans cette chapelle, les curé et marguilliers de la paroisse de Nogent étaient pareillement tenus de faire dire la grand'messe les jours de Pâques et de Quasimodo, et donner à chaque communiant un pain de 3 livres et à chaque famille une pinte de vin, suivant la fondation qui avait été faite par MM. d'Anthonis.

En 1700, le seigneur du Perreux fit un échange de terre avec le curé de Nogent, Charles Carreau. Il donnait cinquante-trois

perches de terre et en recevait vingt-cinq,
mais, en considération de cet avantage, le
curé promit et s'engagea, tant pour lui que
pour ses successeurs, de faire dire et célé-
brer dans la chapelle du Perreux, le jour
de la fête de saint François, chaque année
et à perpétuité, une messe à voix basse,
sous l'invocation de saint François, à moins
que ce jour ne fût empêché, auquel cas elle
serait dite et célébrée un autre jour.

Mais ces fondations et conditions ne furent
pas toujours exécutées par la fabrique de
l'église de Nogent, car on voit qu'en 1699,
1712, 1726, 1739 et 1742 des discussions
s'élevèrent à ce sujet et furent portées aux
chambres des requêtes du Parlement de
Paris.

En 1752, une autre discussion s'éleva entre
le curé de Nogent et le seigneur du Perreux

au sujet d'une dime que celui-ci voulait percevoir sur tout le terroir du Perreux; le curé prétendait avoir le droit de dime de charnage, c'est-à-dire sur les canards, oies, agneaux et porcs de lait, et sur les fruits des jardins.

La dame du Perreux opposa que la dime du curé ne devait pas se prendre sur les fruits croissants et qu'il n'avait aucun droit de dime de charnage, attendu qu'elle était insolite et qu'elle ne pouvait se demander sans titre; un arrêt du Parlement lui donna raison.

Nous avons dit que le Chapitre de Saint-Maur avait le haut droit de censive sur le Perreux; dans une vente de cette terre, il avait été expliqué que la seigneurie du Perreux était dans la mouvance du prince de Condé à cause de seigneurie d'Ezanville, pour la plus grande partie des terres du village, mais qu'il en existait une partie qui était de franc alleu [1]. Comme cet acte devait être ensaisiné par l'abbé de Saint-Maur, seigneur haut justicier de Nogent, cette expression de franc alleu qui donnait une certaine prérogative au Perreux, froissa le Chapitre, et l'abbé refusa l'ensaisinement et assigna le nouvel acquéreur. Aussitôt une transaction fut proposée : l'expression serait supprimée et une partie du droit de censive serait cédée au seigneur du Perreux. L'abbé de Saint-Maur désirait faire construire une grange à Nogent pour y serrer le produit des dîmes, et les Religieux considérant que cette grange serait plus profitable que la

1. Les terres de franc alleu venaient directement du roi et étaient franches et libres de tout devoir, de tout hommage, de toute redevance; elles étaient cependant soumises à la justice seigneuriale.

censive, l'abbé transigea, le 16 septembre 1739, pour la somme de 700 livres, qui fut employée à la construction de la grange près de leur maison seigneuriale [1].

La seigneurie de la rivière de Marne appartenait à la terre de Bry-sur-Marne, qui seule y avait droit de bac et passage, de pêche, d'îles, de gords, de port et de péage sur les bateaux et marchandises transportées, de moulins, etc. La seigneurie du Perreux avait acheté en 1417 la partie d'île **La Roche**, qu'elle a possédée jusqu'à nos jours ;

1. La maison seigneuriale du Chapitre de Saint-Maur, à Nogent, se trouvait à l'emplacement de l'ancienne mairie, dans la Grande Rue ; dans un bail passé en 1765, le chapitre en avait loué la plus grande partie à Héricourt, marchand de foin ; elle est ainsi désignée : tenant à la Grande Rue, au carrefour où se trouve l'orme et à la rue qui descend à Bry-sur-Marne. Les Religieux avaient seulement réservé la grange, l'endroit où se rendait la justice et les cachots.

elle contenait environ un arpent et demi et avait été vendue par Jacques de Marembert, seigneur d'une partie de Bry-sur-Marne, moyennant la somme de 56 livres, à condition qu'elle resterait dépendante de Bry pour les droits de cens; dans un livre de la terre de Bry, elle est désignée « tenant de trois côtés à la Marne et d'un bout à Philipot l'orphèfre de Paris. » En 1499, après requête au seigneur de Bry et à la maîtrise des eaux et forêts de France, le seigneur du Perreux fut autorisé à avoir un batelet pour traverser la Marne, lui, sa famille et ses serviteurs, lorsqu'il en serait besoin, mais sans pouvoir passer ou repasser personne autre.

Un arrangement eut lieu en 1714 entre les deux seigneuries de Bry et du Perreux, afin que le chemin qui conduisait à Neuilly et qui bordait la Marne, du côté du Perreux,

fût placé où il est aujourd'hui, au pied de
la côte. Le motif était que celui du bord
de la Marne se trouvait très souvent couvert
d'eau et qu'il serait mieux de passer à la
tête du pré du Perreux, où s'élève la
roche. En 1727, un nouveau propriétaire
du Perreux ayant voulu intercepter ce chemin en le reportant au bord de la Marne et
empêcher même d'y passer à pied et à cheval, un arrêt fut rendu aux requêtes du
Palais sur la demande du seigneur de Bry
et le chemin fut maintenu tel qu'il avait été
pratiqué et que nous le voyons aujour-
d'hui.

Parmi ses droits seigneuriaux, le Perreux
avait celui de vaine pâture et par des sen-
tences du juge du Perreux rendues en 1741
et en 1744, il avait été établi à ce sujet des
règlements par lesquels il était « défendu à

tous habitants et particuliers de la paroisse de Nogent : 1° de faire paître et pâturer leurs bestiaux dans les prés et terres de la seigneurie du Perreux à peine de **20** livres d'amende et de saisie des bestiaux ; **2°** de faire aucuns chemins passer ou traverser sur les terres en aucun temps de l'année, à pied ou à cheval, ni d'y conduire des bêtes de somme, à peine de **30** livres d'amende par chaque personne, et de **6** livres pour les bestiaux trouvés en contravention ; renouvelant les défenses des précédents règlements de mener pâturer leurs bestiaux sur les terres en jachères, ni sur les prés, même après les dépouilles des foins, à peine d'amende de **3** livres par personne conduisant les bestiaux et de **6** livres par chacun d'eux ; défendant d'arracher les chaumes sur lesdites terres après la récolte des grains, à peine de **20** livres d'amende, lequel règlement a été affiché à la porte de l'église. »

La seigneurie du Perreux avait le droit de haute, moyenne et basse justice sur tout son terroir, elle était exercée par des officiers nommés par le seigneur, sous le nom de prévôté; l'appel de leur sentence relevait du Châtelet.

Dans une vente de la seigneurie du 8 juin 1365, il est naturellement fait mention de tout ce dont se composait ce fief, « manoir, terres, prés, vignes, garenne, droits seigneuriaux et environ **108** arpents de terre, dont une pièce de **70** arpents, se trouvant le manoir du côté de la Marne et où il y a des vignes en descendant en face l'île de Bry où est la roche. » C'est de cette pièce qu'il sera parlé ci-après et sur laquelle on construit aujourd'hui la mairie.

Un registre de l'abbaye de Saint-Maur mentionne que le seigneur du Perreux avait droit de haute, moyenne et basse justice sur son domaine, ce qui paraissait une reconnaissance implicite ; une sentence du Châtelet de Paris, de l'année 1466, avait même renvoyé un délictueux dudit terroir devant le juge du Perreux, ce qui prouvait bien que le droit inscrit dans les actes était réel et exercé. Un peu plus tard, vers 1555, les officiers de la justice de Gournay, qui dépendait du domaine royal, voulurent également faire supprimer ce droit de haute justice, mais un arrêt du Parlement du 27 août 1558 a de nouveau maintenu le seigneur du Perreux dans son droit, faisant défense aux magistrats de Gournay de le troubler.

Antérieurement, vers 1492, il s'éleva une

contestation très intéressante au sujet de ce
droit de justice : l'abbé de Saint-Maur, profitant de ce que la seigneurie du Perreux
était tombée en quenouille, c'est-à-dire entre
les mains de la dame de l'Épervier, veuve
du seigneur du Perreux et qui avait des
enfants en bas âge, après une consultation
des Religieux, fit abattre les fourches patibulaires ou piliers qui servaient à l'exécution du droit de justice. Il prétendait que
ces piliers ne devaient pas exister, puisque
les Religieux seuls étaient hauts justiciers
de Nogent dont le Perreux était une dépendance fieffale. Mais la dame du Perreux se
défendit et un procès s'engagea qui dura
plusieurs années ; enfin par une sentence du
Parlement de Paris, rendue le 6 mars 1500,
les Religieux furent condamnés à faire réé-
difier et reconstruire les fourches patibu-

laires du Perreux, à l'endroit où elles « gisaient » dès avant 1490.

Le 24 mars de la même année, suivant procès-verbal d'exécution de la susdite sentence et devant un conseiller-commissaire de la cour de Paris, les abbé et religieux firent « conduire le bois, la pierre et les autres matériaux nécessaires, avec les ouvriers, sur la pièce de 70 arpents de l'ancien domaine, étant devant le manoir, au-dessus de l'île la Roche, à l'endroit où s'élevaient les anciennes fourches patibulaires alors bâties de pierres, et ce fut fait et reconstruit en présence du susdit commissaire, des abbés et quatre religieux de Saint-Maur, de la dame du Perreux, de plusieurs habitants et officiers des environs ».

Après l'exécution des travaux de réédification, les Religieux protestèrent « sur la

force et obligation où ils avaient été de faire
ladite reconstruction en disant qu'elle ne
pouvait tirer à conséquence pour pouvoir
induire le seigneur du Perreux au droit de
haute justice qu'eux seuls possédaient comme
seigneurs de Nogent. » Mais la dame du
Perreux, de son côté, appuya son droit devant le commissaire du Parlement en disant
que « lesdites fourches patibulaires étaient
signe et enseigne de haute justice. » et
« qu'elle maintenait ».

Le droit de justice devint à l'époque féo-
dale une dépendance naturelle du domaine
féodal, en sorte que ce domaine parfait le
comprenait nécessairement. Il y avait, il est
vrai, des fiefs sans justice à côté des fiefs
emportant la juridiction. Mais cette division
démontre seulement que l'on distinguait
dans le domaine féodal les divers droits

utiles dont il se composait, pour en séparer notamment le droit de justice, qui, si éminent qu'il fût, n'en était pas moins lucratif et considéré pour le profit autant que pour l'honneur de le posséder.

C'est ce qui explique que ce droit amenait très souvent des contestations et des revendications qui étaient portées quelquefois devant l'autorité royale. Ce fut ce dernier fait, relevé dans les archives du Perreux, qui nous a donné l'idée d'écrire cette courte monographie. Nous avons voulu montrer que l'emplacement des fourches patibulaires où s'exécutait autrefois la justice du Perreux, est le même que celui où s'élève actuellement la Mairie. C'est là que se trouvait la pièce de 70 arpents en face du manoir, au-dessus de l'île la Roche, et cette partie du terroir a même conservé le nom

de son ancienne destination, car aujourd'hui,
à la section C de la matrice cadastrale, la
parcelle portée au n° 138 et qui correspond
à notre endroit est encore appelée les Vignes
de la justice.

Mais après cette exécution de l'arrêt de
1500 les Religieux de Saint-Maur poursui-
virent leur idée d'arriver à supprimer le
droit de haute justice des seigneurs du Perreux et à se le réserver pour eux seuls
comme hauts justiciers de Nogent. A ce
titre, leurs piliers de justice seigneuriale
étaient situés près de l'emplacement du fort
de Nogent et servaient aussi pour Neuilly-
sur-Marne dont ils étaient également hauts
justiciers ; mais voulant arriver à englober
la justice du Perreux dont ils prévoyaient
l'abandon dans l'avenir, ils firent élever
quatre piliers nouveaux, au lieu dit les

Presles, vers l'extrémité de la côte, au-dessus de l'île la Roche dans la direction de Neuilly, sur une pièce de terre « de franc alleu » qui leur appartenait et touchait à la pièce de 70 arpents de la seigneurie du Perreux. Ils pensaient avec raison qu'ils arriveraient quelque jour à abolir le droit qui leur avait arraché de si hautes protestations. Et le temps les servit, car vers 1700 les piliers du Perreux étaient en ruines, peut-être faute de justiciables, tandis que les leurs s'étalaient dans toute la solidité de quatre piliers en pierre de taille où venaient de temps à autre s'accrocher les criminels de Nogent. Sur la très belle carte que l'abbé de la Grive a faite des environs de Paris vers 1735, figurent les piliers des moines de Saint-Maur et le lieu est resté nommé la Justice de Nogent.

APPENDICE

Il peut être intéressant de donner la biographie du premier propriétaire du Perreux après l'abolition des droits féodaux en 1789.

Le dernier propriétaire féodal fut Jérôme Millin, receveur général des finances de la généralité de Normandie et administrateur général de la loterie de France. En raison de ces fonctions, il fut arrêté, jugé et guillotiné en 1793. La seigneurie du Perreux fut confisquée ; mais les biens n'ayant pas été vendus nationalement, faute d'acquéreurs sans doute, ils furent rendus aux héritiers de Millin en 1796, et, l'an-

née suivante, ces derniers vendirent le parc
et quelques terres à François de Neufchâteau, alors ministre de l'Intérieur. Ce
nouveau propriétaire était fils d'un maître
d'école des environs de Neufchâteau, dans
les Vosges; il avait fait ses études au collège
de cette ville, dont il ajouta le nom à celui
de François qui était le sien. Doué d'une
intelligence remarquable, il débuta de bonne
heure dans la poésie; et ayant envoyé quelques pièces à Voltaire, ce dernier le pré-
senta à l'almanach des Muses où il fit pa-
raître plusieurs pièces de vers : *L'Enfance,
Contre un Médecin;* il était à peine âgé de
seize ans. Avocat au parlement de Paris en
1775, il devint l'ami du duc d'Orléans vers
1789 et fut nommé, comme nous l'avons dit,
ministre de l'intérieur en 1797, à la place
de Benezech.

Comme poète, il fit, à l'occasion de la naissance du premier dauphin, fils de Louis XVI, des vers qui lui valurent la protection de Marie-Antoinette. Ces vers, que nous avons sous les yeux, sont empreints du plus pur royalisme et exaltent les vertus de la reine. Mais la Révolution survenue, il fit également des vers sur la royauté ; mais dans un esprit différent. Nous allons rappeler une fable de lui et qui est devenue assez difficile à rencontrer.

FABLE NOUVELLE

Pour orner la mémoire des petits sans-culottes
en l'année 1792.

Le Roi	Dom Porc.
La Reine . . .	La Panthère.
Le Dauphin . .	Le Louvat.

Dom Porc avec Dame Panthère,
Fut uni dans un bois par les soins d'un renard
Fort subtil, mais parfois un peu visionnaire.
Cet hymen monstrueux produisit assez tard
Un fruit bien extraordinaire.
Qu'eût-on voulu qu'il arrivât
De ce lien contre nature ?
La Panthère au Pourceau fit présent d'un Louvat,
D'un tel accouplement, digne progéniture.
La vorace famille, aux hôtes des forêts,
Enlevait toute pâture.
Nul ne pouvait plus vivre auprès :
Tout était dévasté. Dom Pourceau dans la fange
Se vautrait, et trouvait tout bon ;
Rien n'échappait aux dents de sa femelle étrange ;
Il fallait au Louvat, chaque jour un mouton.
A ces bêtes, sur leur demande,
On assigna d'abord les pâtés les plus gras ;
On leur fit une part, qui n'était que trop grande,
C'était obliger des ingrats.
Dom Porc jurait tout haut d'y borner sa provende,
Mais il se dédisait tout bas !
Le bois fut en rumeur ; les hôtes se lassèrent
De ce trio si dangereux.
Ils étaient les plus forts et les plus valeureux ;

Contre Dom Porc, ils s'avancèrent.
Lui d'avance, en secret, avait armé contre eux
Des sangliers qu'ils terrassèrent.
Pendant ce grand combat, notre porc avait fui [1],
Se cachant loin de ceux qui se battaient pour lui :
On le trouve hors de sa bauge,
Avec Dame Panthère et le beau petit Loup ;
On les musèle pour le coup,
Dans le creux d'un arbre on les loge [2] ;
On règle leur pitance, et Dom Porc à son auge
Se remet à manger sans s'émouvoir beaucoup.
Pour la Dame Panthère, en sa rage effroyable,
Elle regrette le bon temps
Où sa gueule irrassasiable
Affamait de ce bois les pauvres habitants.
Elle espère toujours que de la forêt noire,
Les Hyènes ses sœurs, ses alliés les Ours,
Accourant tous à son secours,
De la démuseler auront bientôt la gloire.
Autour de la forêt, ces monstres ont rôdé.
Y pénétreraient-ils ? Il ne faut pas le croire ;
Non, le bois est trop bien gardé !

1. A Varennes.
2. Au Temple.

Quant au fils de la Dame Panthère,
On lui riva les dents, et l'on prend tous les soins,
Afin que s'il grandit, il n'ait jamais du moins
L'appétit de ses père et mère.

François DE NEUFCHATEAU.

Il y a loin de là aux vers qu'il avait adressés à Marie-Antoinette et qui lui avaient valu la haute protection de la reine. Ayant écrit dans *Paméla* en août 1793 : « Le parti qui triomphe est le seul légitime » Robespierre soupçonneux le fit incarcérer au Luxembourg où il composa une prière à l'Être suprême pour la fête de la fédération et chanta la liberté. Il sortit de prison après la mort des chefs terroristes, et, ayant été nommé ministre de l'Intérieur, il organisa la première exposition de l'industrie et de l'agriculture.

Devenu membre du Directoire, il fut l'un des premiers à acclamer Bonaparte; il fut même élu président du Sénat en 1804; c'est alors qu'il adressa une ode à Napoléon où il exaltait son génie; l'empereur le créa comte de l'empire; enfin, il devint pair de France sous Louis XVIII.

Orateur souple, il complimenta tous les régimes, et sut s'en faire bien venir en profitant, en toute occurrence, de ses hautes fonctions. Acquéreur de biens nationaux, il laissa une grande fortune. C'était un bibliophile d'élite : il a laissé une bibliothèque importante et des mieux choisies.

Le type de son *ex-libris,* qui représentait ses armes, était des plus curieux; sur un écusson impérial, où le cygne, *l'agréable,* se mêle à l'épi, *l'utile,* émergent cinq plumets ou panaches avec une légende fas-

tueuse au dessous ; puis il y avait tracé ces
seize vers :

A NAPOLÉON

Dans un siècle où l'or seul fut un objet d'envie,
De l'or je ne fus point épris.
J'aimai le bien public, j'y dévouai ma vie ;
J'en ai reçu le digne prix :
Du plus grand des héros, l'estime peu commune
M'a doté de cet écusson ;
Honneur bien préférable aux dons de la Fortune,
Et m'offre une double leçon.
L'*agréable* est ici figuré par le cygne,
Et l'*utile* par les épis :
Trop heureux, en effet, qui serait jugé digne
De ces emblèmes réunis.
O mes livres chéris, conservez cette image,
Seul trésor que je laisserai ;
Et longtemps après moi rendez encor hommage
A la main qui m'a décoré [1].

François DE NEUFCHATEAU.

[1]. Renseignements tirés des brochures intitulées : *Les
Derniers seigneurs du Perreux* (DEMANGEOL). *Environs
de Paris : Nogent-sur-Marne* (Baronne DE GIRARD-VE-
ZENOBRE).

Sur ses dernières années, il s'occupa beaucoup d'agriculture et mourut vers **1828**. Ce fut le dernier grand propriétaire du domaine du Perreux, et sa physionomie était assez originale pour que nous en ayons donné ici une esquisse assez rapide. De même que sa plume variait les éloges suivant les gens, sa politique était au nouveau venu : mais n'est-ce pas le cas de rappeler :

Que ceux qui ne font pas ainsi lui jettent la première pierre !

Achevé d'imprimer

Le vingt-quatre septembre mil huit cent quatre-vingt onze

PAR

Alphonse LE ROY

Imprimeur breveté

A RENNES

RED. :

17

MIRE ISO N° 1
NF Z 43-007
AFNOR
Cedex 7 92080 PARIS-LA-DEFENSE

graphicom

0 1 2 3 4 5 6 7 8 9 10